במקרה של שועל

In Case There's a Fox
במקרה של שועל

איה כ״ץ

Aya Katz

Books by Aya Katz

novels

Our Lady of Kaifeng

Vacuum County

The Few Who Count

Theodosia and the Pirates

for children

In Case There's a Fox

When Sword Met Bow

Ping & the Snirkelly People

In Case There's a Fox

(Bilingual Edition)

Aya Katz

copyright © 2016 Aya Katz

All rights reserved. Published in the United States by Inverted-A Press, a sole proprietorship based in Licking, Missouri. This is a first edition.

INVERTED-A PRESS

www.inverteda.com

ISBN: 978-1618790101

Library of Congress Control Number: 2016913428

Cover Illustration: Aya Katz
"In Case There's a Fox"
Visit Aya Katz at

amazon.com/author/ayakatz

Printed in the United States of America
10 9 8 7 6 5 4 2 1

In Case There's A Fox

במקרה של שועל

Aya Katz

When Sword goes for walks
In the fields full of phlox,

She is always concerned

That she might meet a fox!

So when Sword makes
her rounds,
Inspecting the grounds,

Then along for the stroll

Comes her trusty

bloodhound.

And the pair

take great care

To question each hare

Who goes bounding by:

"Any foxes out there?"

But they never reply,

As they go bounding by,

And Sword and her hound

Are not certain why.

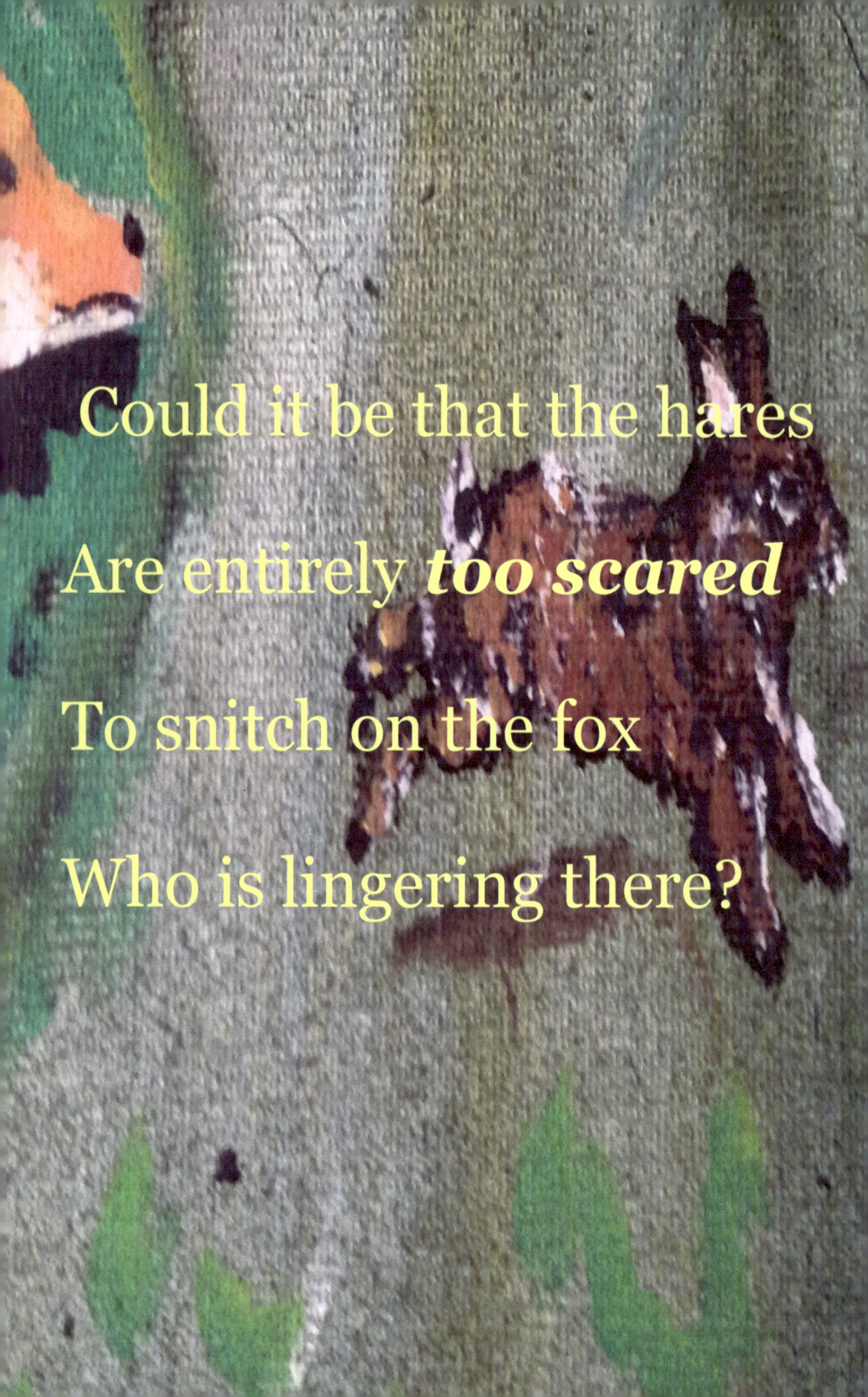

Could it be that the hares

Are entirely *too scared*

To snitch on the fox

Who is lingering there?

Or perhaps they won't talk

For fear that the shock

Of being discovered

Might injure the fox.

Is it out of concern

That the trust that they've earned

With the fox all these years

Might never return?

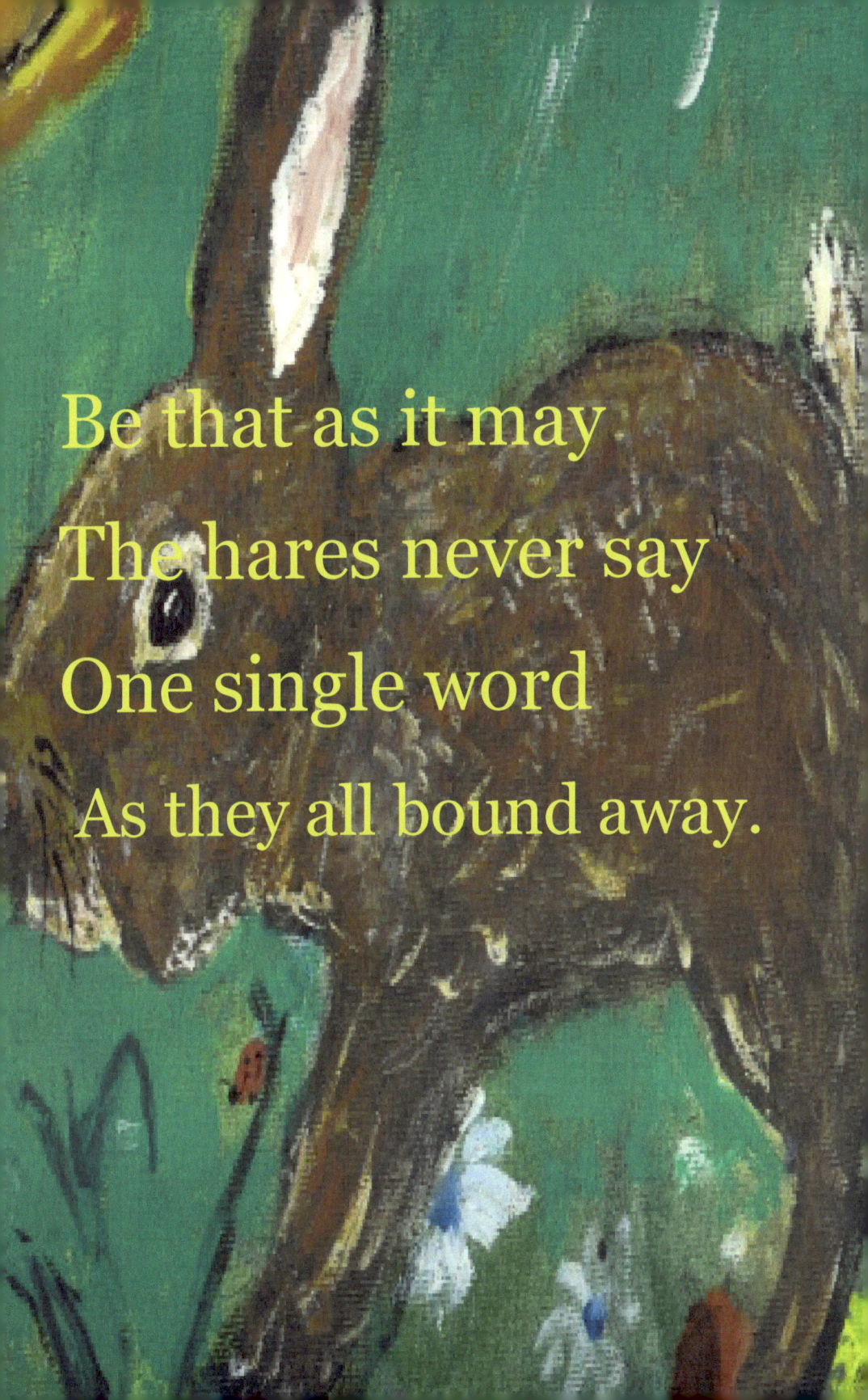

Be that as it may

The hares never say

One single word

As they all bound away.

But Sword has a plan,
Which she'll use
if she can,
Of how to appeal
To the fox and his clan.

A canvas and paints
Is a method most quaint
To chisel away
At fox self-restraint.

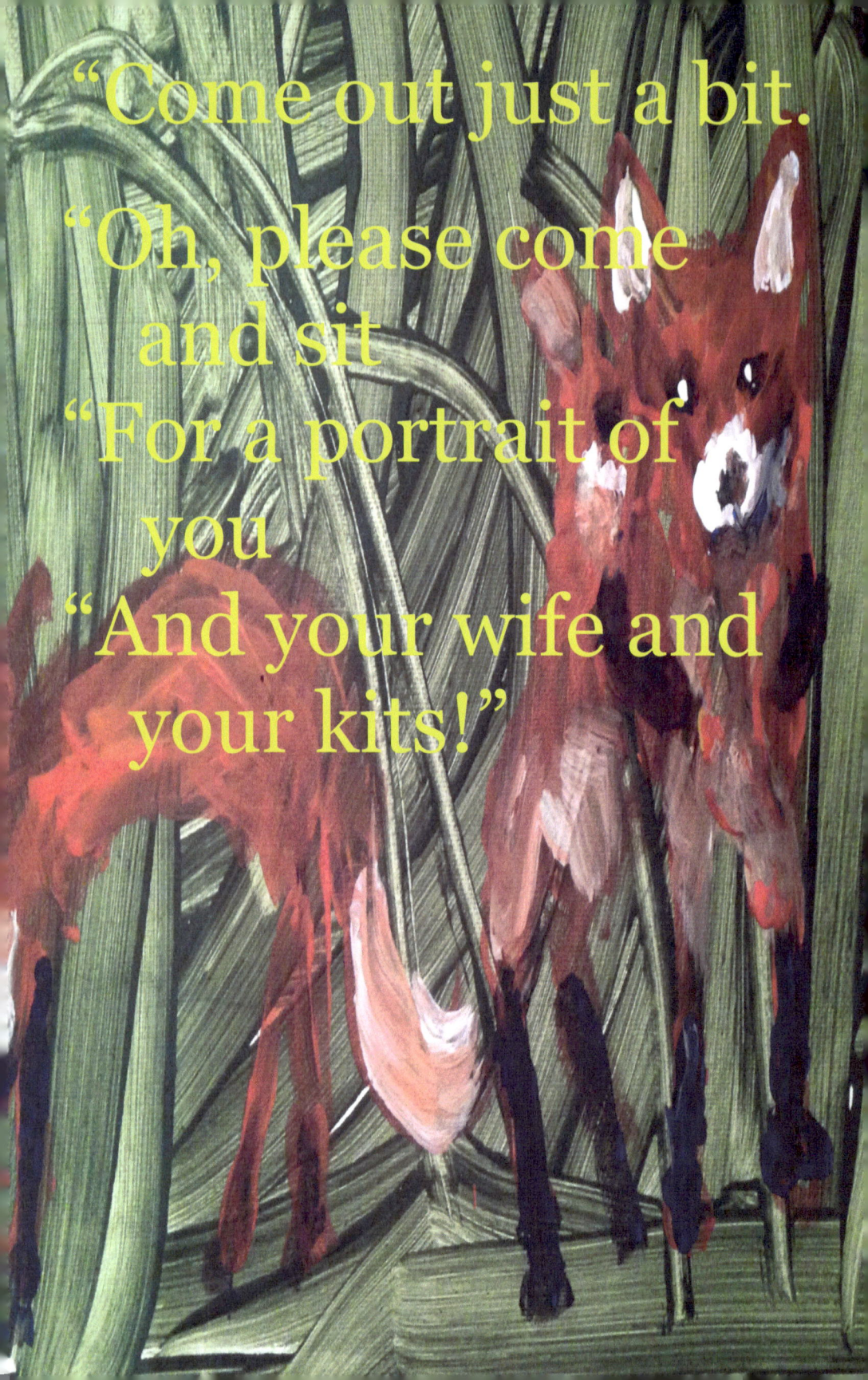

"Come out just a bit.

"Oh, please come and sit

"For a portrait of you

"And your wife and your kits!"

And so, now and then,
Sword calls out again,
"Come, I'll paint you
a picture
"To hang in your den!"

But no one comes out,
Though she yells
and she shouts,
"Is there really a fox?"
The hound starts
to doubt.

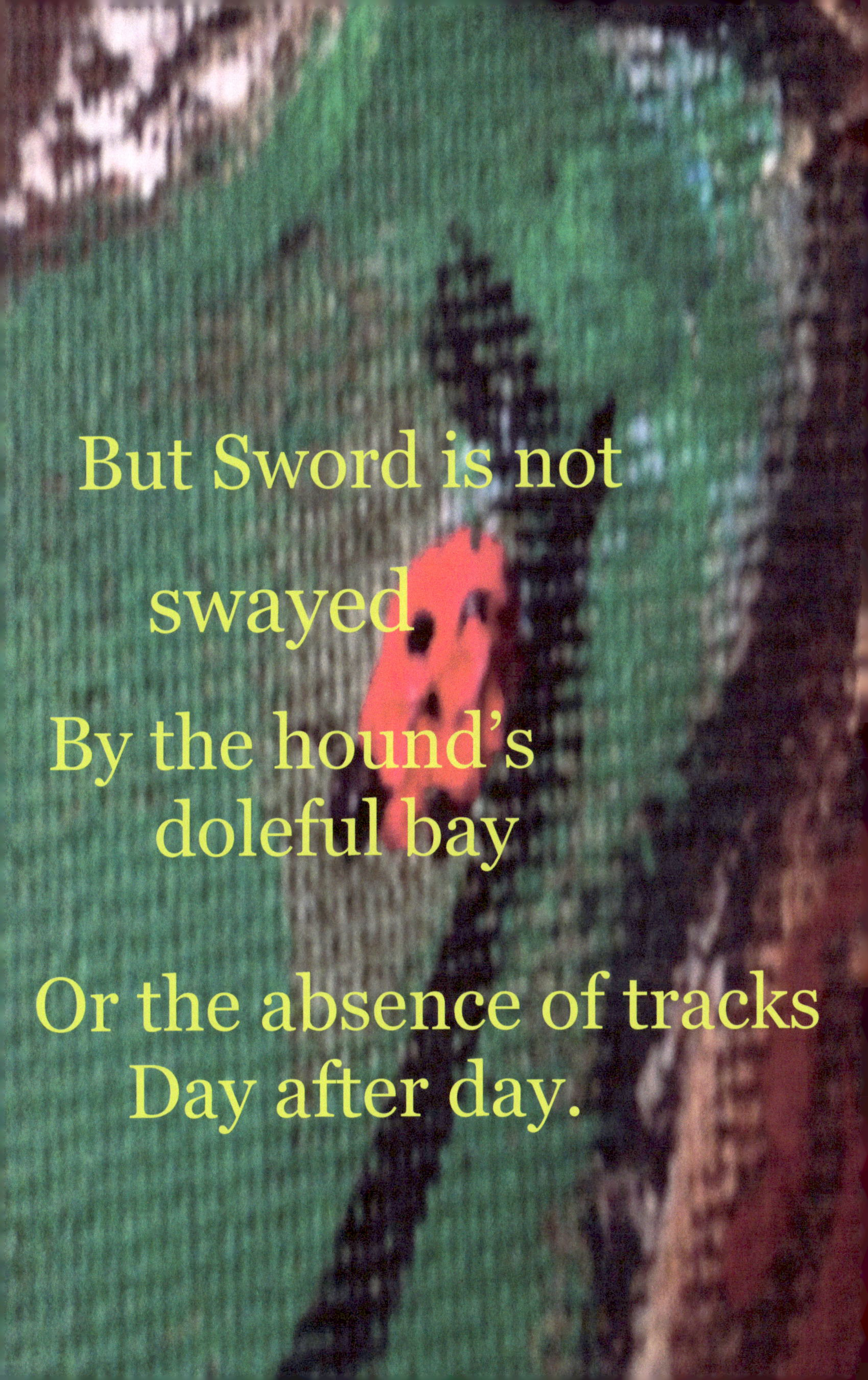

But Sword is not

swayed

By the hound's
doleful bay

Or the absence of tracks
Day after day.

As the sun starts to set,
Sword never regrets
The foxes she's hunted
Each day without let.

And next day at sunrise
Sword will open her eyes,
Glad of the light
In the spacious
blue skies.

And along on her walks,
She will lug her paintbox

which will really come handy...

...in case there's a fox!

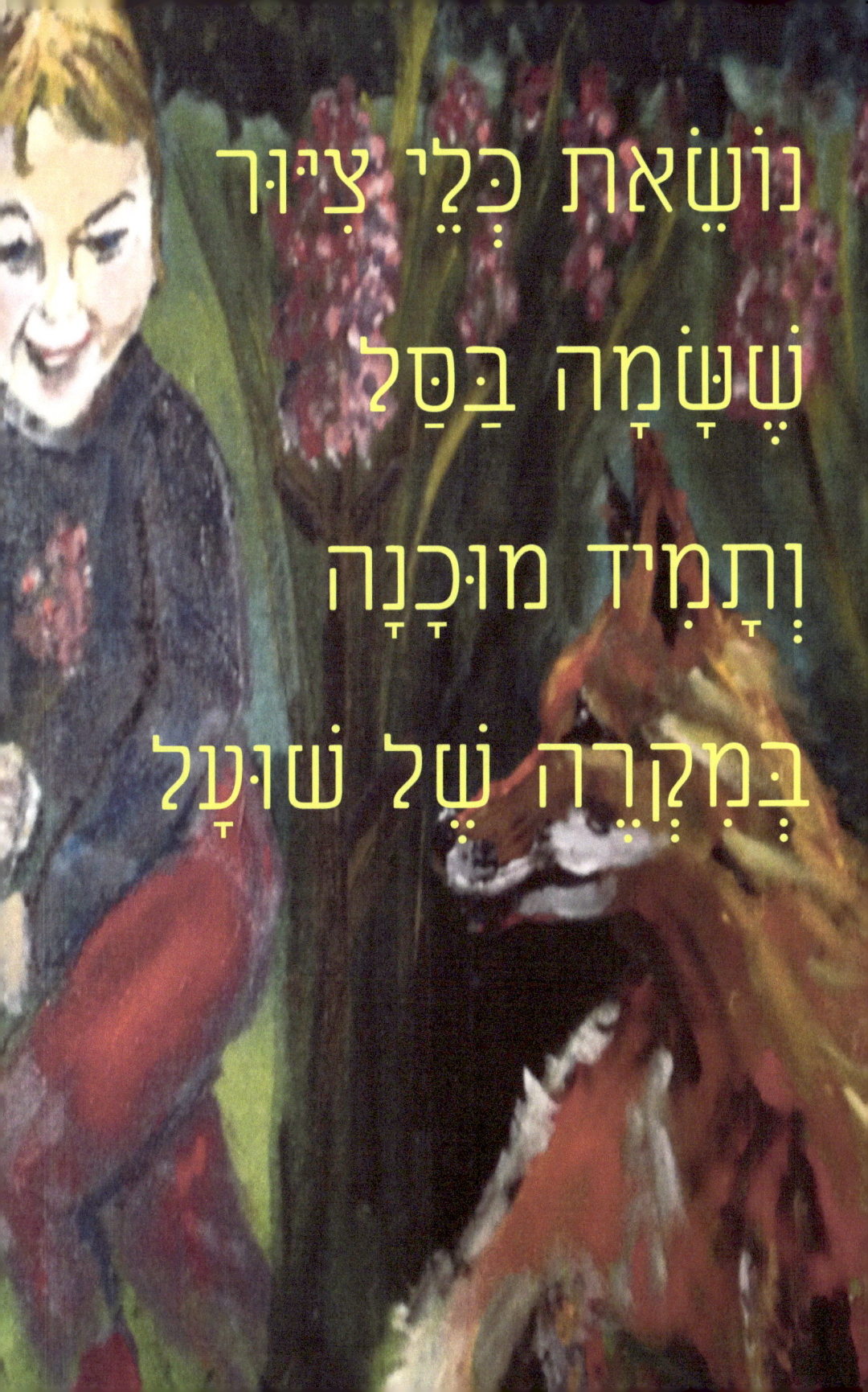

נוֹשֵׂאת כְּלֵי צִיּוּר

שֶׁשָּׂמָה בַּסַּל

וְתָמִיד מוּכָנָה

בְּמִקְרֶה שֶׁל שׁוּעָל

כָּל עֶרֶב חוֹזֶרֶת

הַבַּיְתָה לִישֹׁן

בַּבֹּקֶר יוֹצֵאת הִיא

לְקוֹל פַּעֲמוֹן

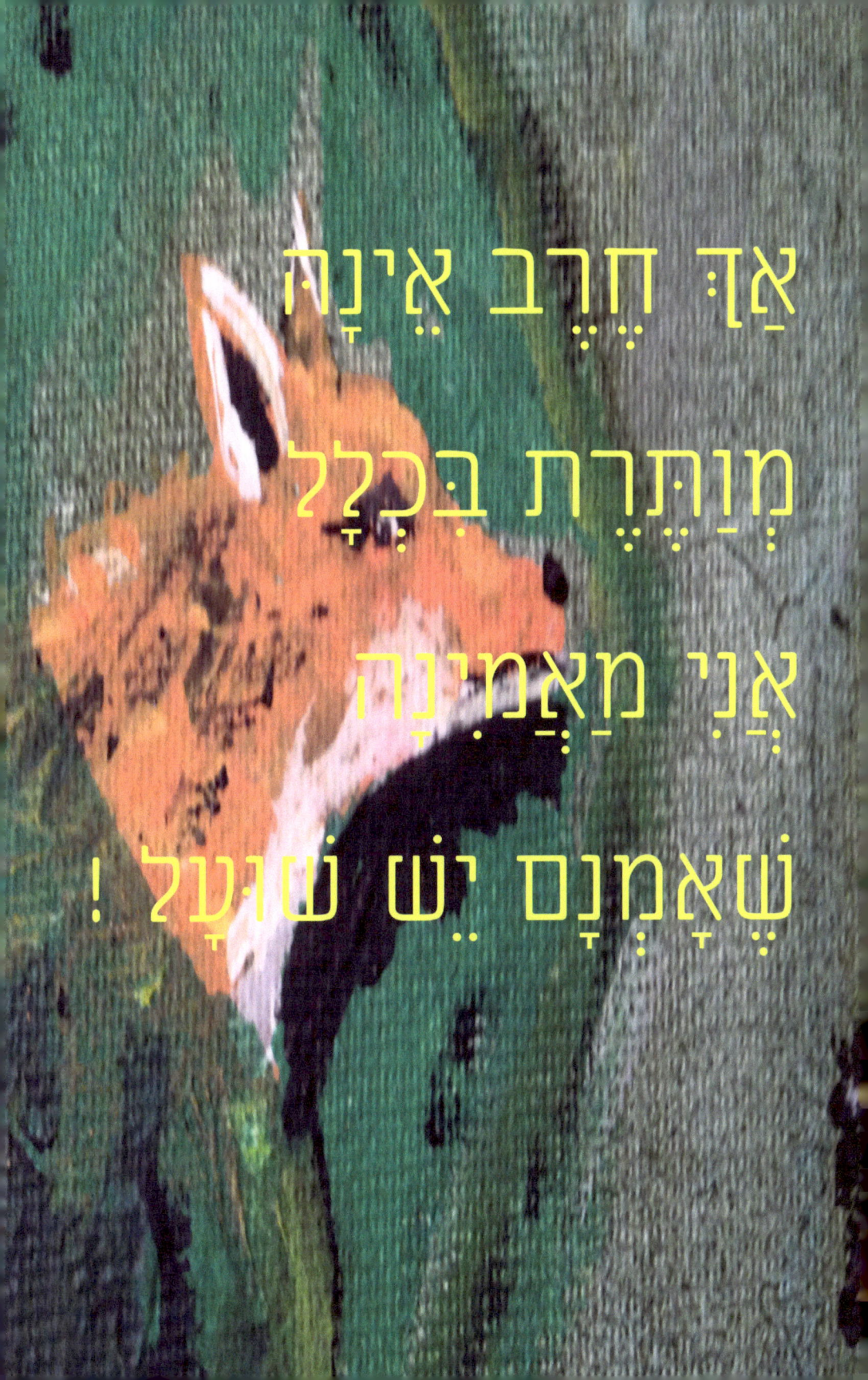

אַךְ חֶרֶב אֵינָהּ

מֻוַּתֶּרֶת בִּכְלָל

אֲנִי מַאֲמִינָה

שֶׁאָמְנָם יֵשׁ שׁוּעָל !

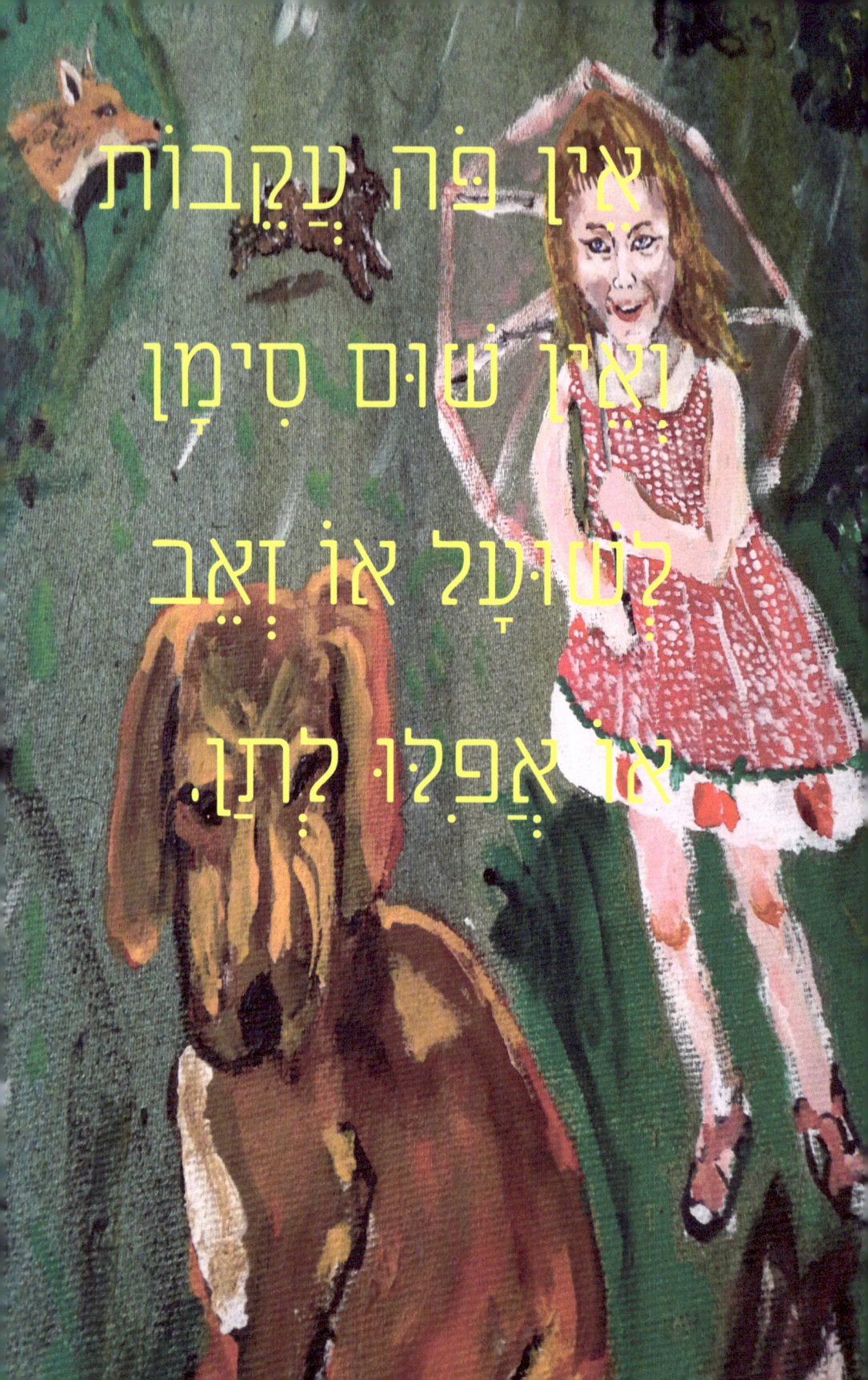

אֵין פֹּה עֲקֵבוֹת

וְאֵין שׁוּם סִימָן

לְשׁוּעָל אוֹ זְאֵב

אוֹ אֲפִלּוּ לְתַן.

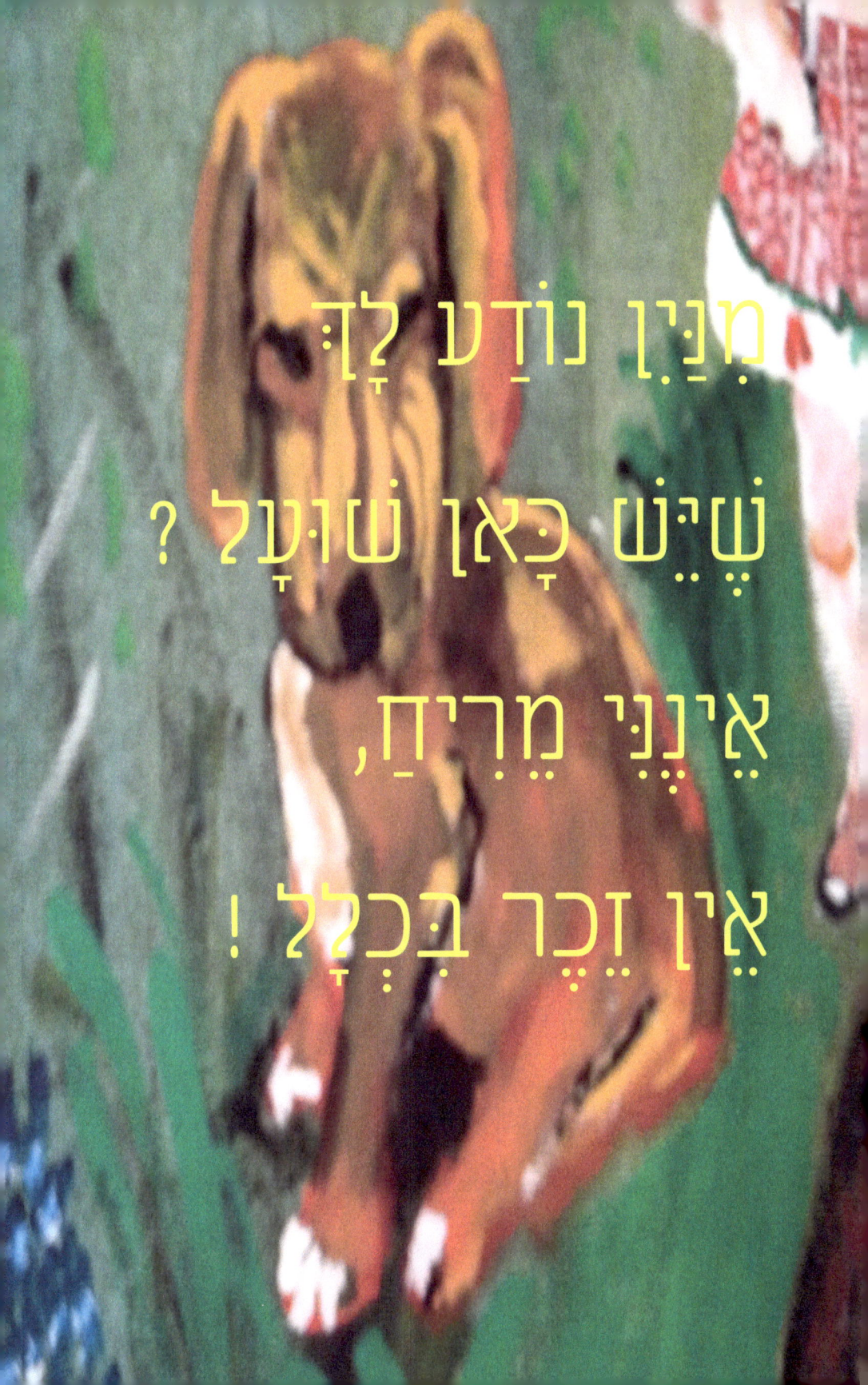

מִנַּיִן נוֹדַע לָךְ:

שֶׁיֵּשׁ כָּאן שׁוּעָל ?

אֵינֶנִּי מֵרִיחַ,

אֵין זֵכֶר בִּכְלָל !

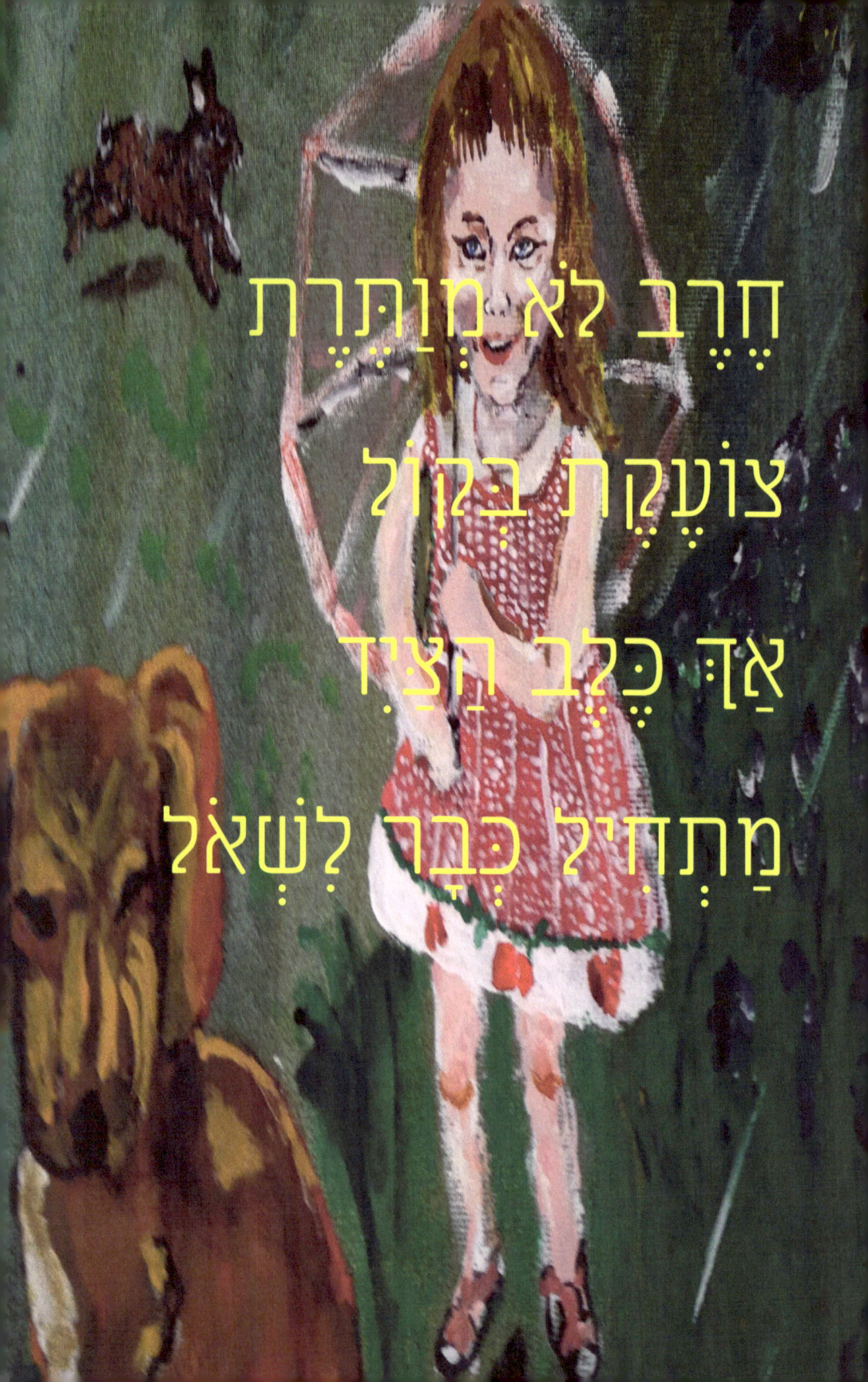

חֶרֶב לֹא מֲותֶּרֶת
צוֹעֶקֶת בְּקוֹל
אַךְ כֶּלֶב הַצַּיִד
מַתְחִיל כְּבָר לִשְׁאֹל

– אֶת קוֹלָהּ מְרִימָה

אַךְ תָּמִיד אֵין מַזָּל

רַק שֶׁקֶט דְּמָמָה

מִצַּד הַשּׁוּעָל

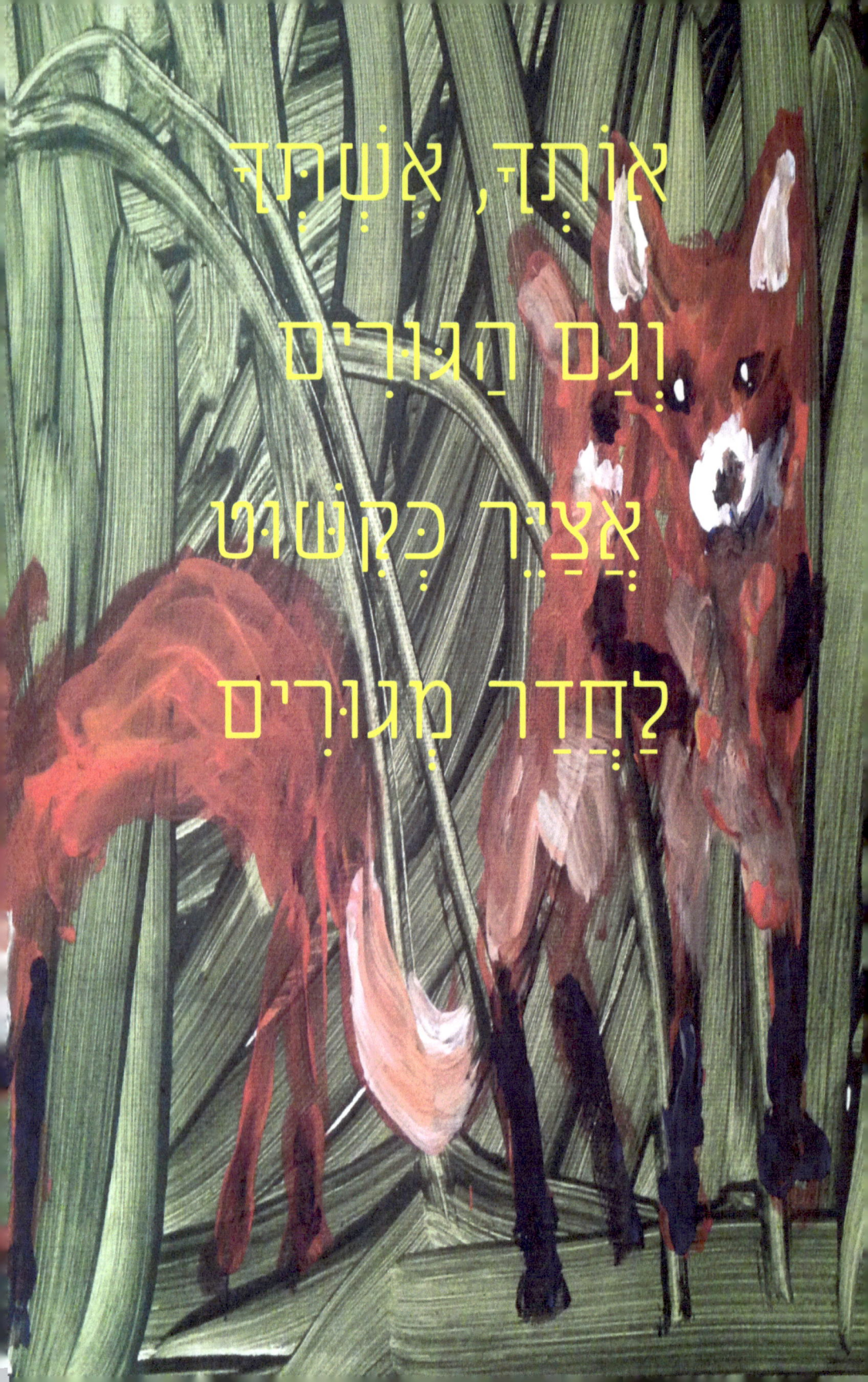

אוֹתְךָ, אִשְׁתְּךָ
וְגַם הַגּוּרִים
אֲצַיֵּר כְּקִשּׁוּט
לַחֲדַר מְגוּרִים

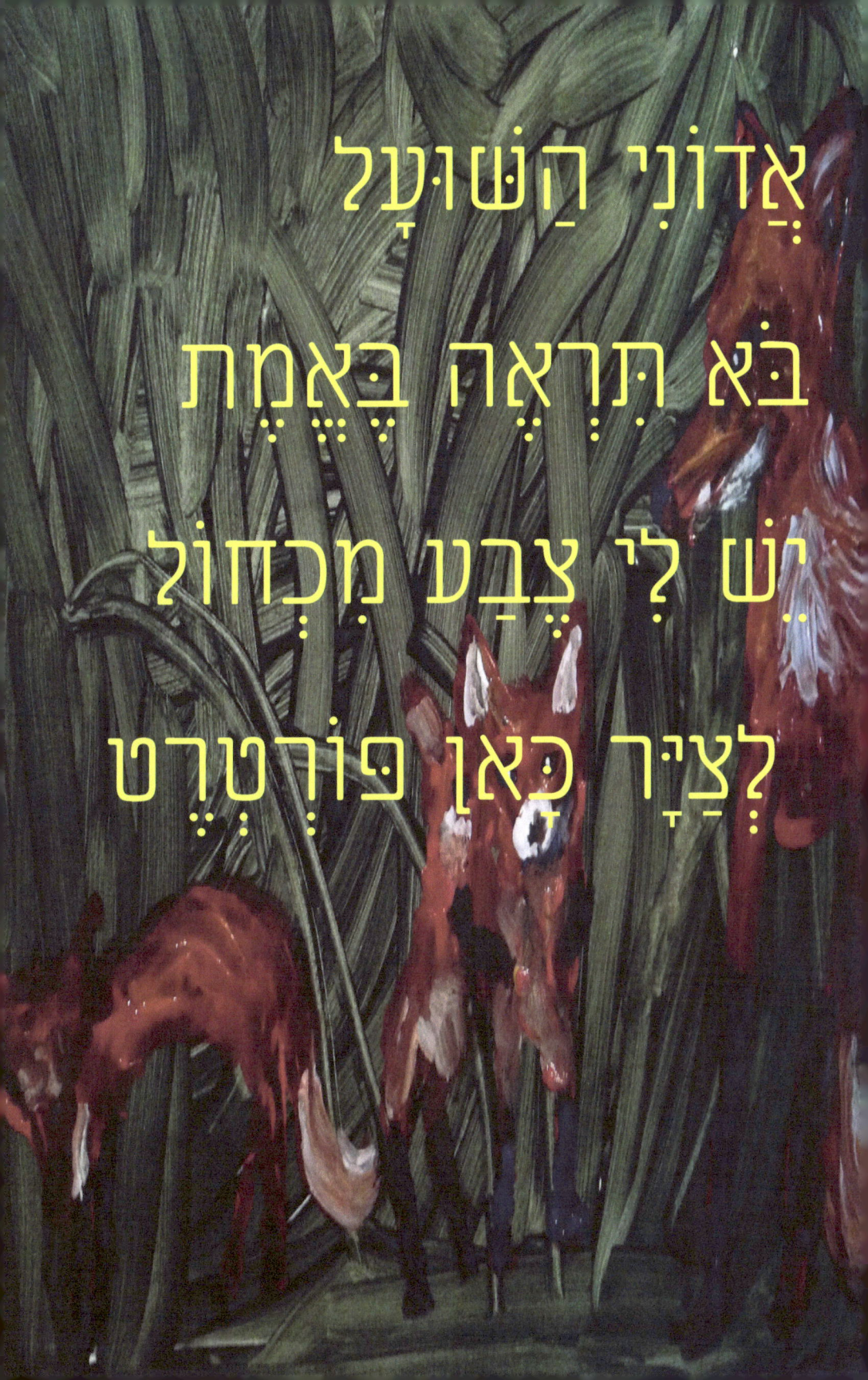

אֲדוֹנִי הַשּׁוּעָל

בֹּא תִּרְאֶה בֶּאֱמֶת

יֵשׁ לִי צֶבַע מִכְחוֹל

לְצַיֵּר כָּאן פּוֹרְטְרֶט

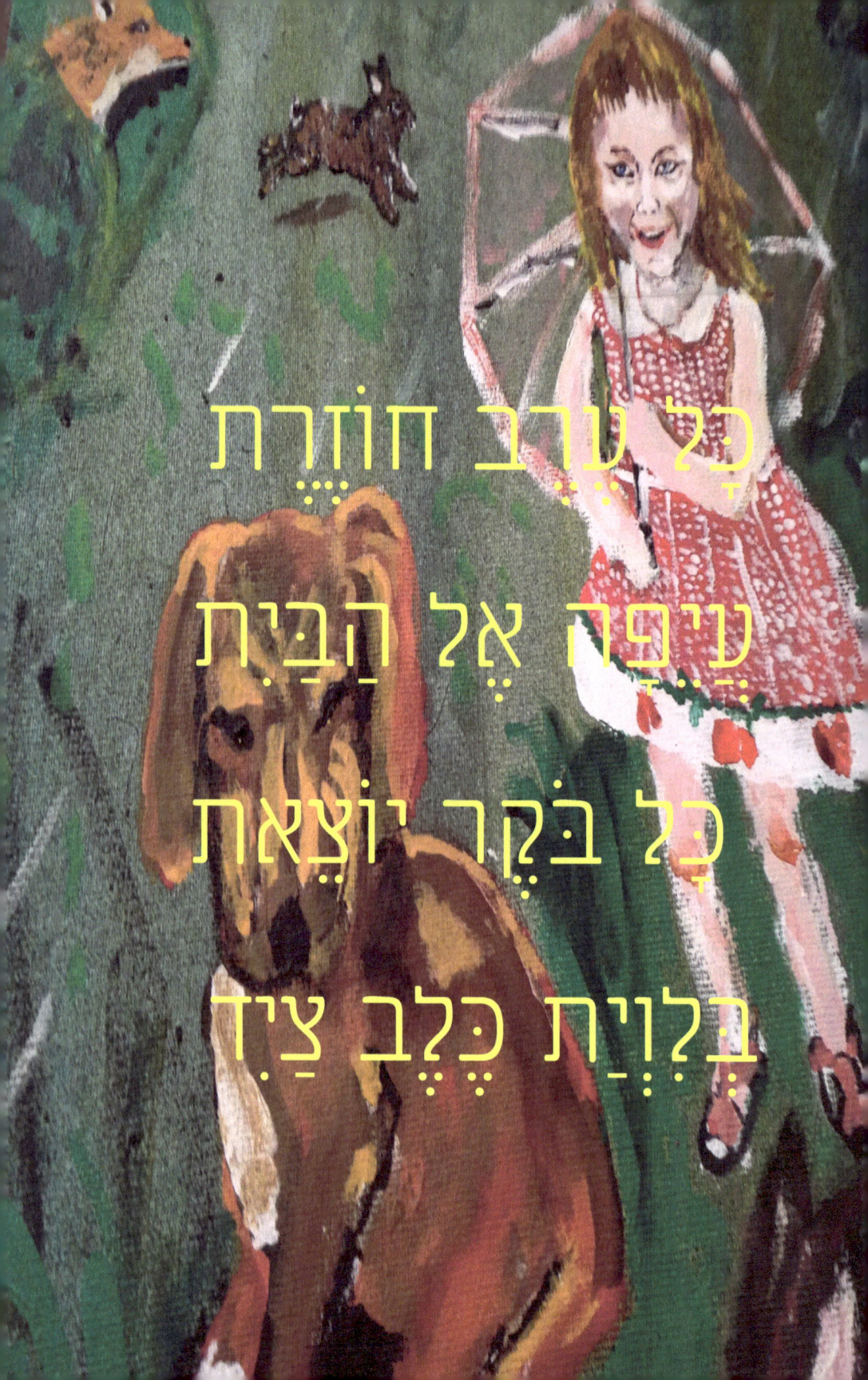

כָּל עֶרֶב חוֹזֶרֶת

עֲיֵפָה אֶל הַבַּיִת

כָּל בֹּקֶר יוֹצֵאת

בְּלִוְיַת כֶּלֶב צַיִד

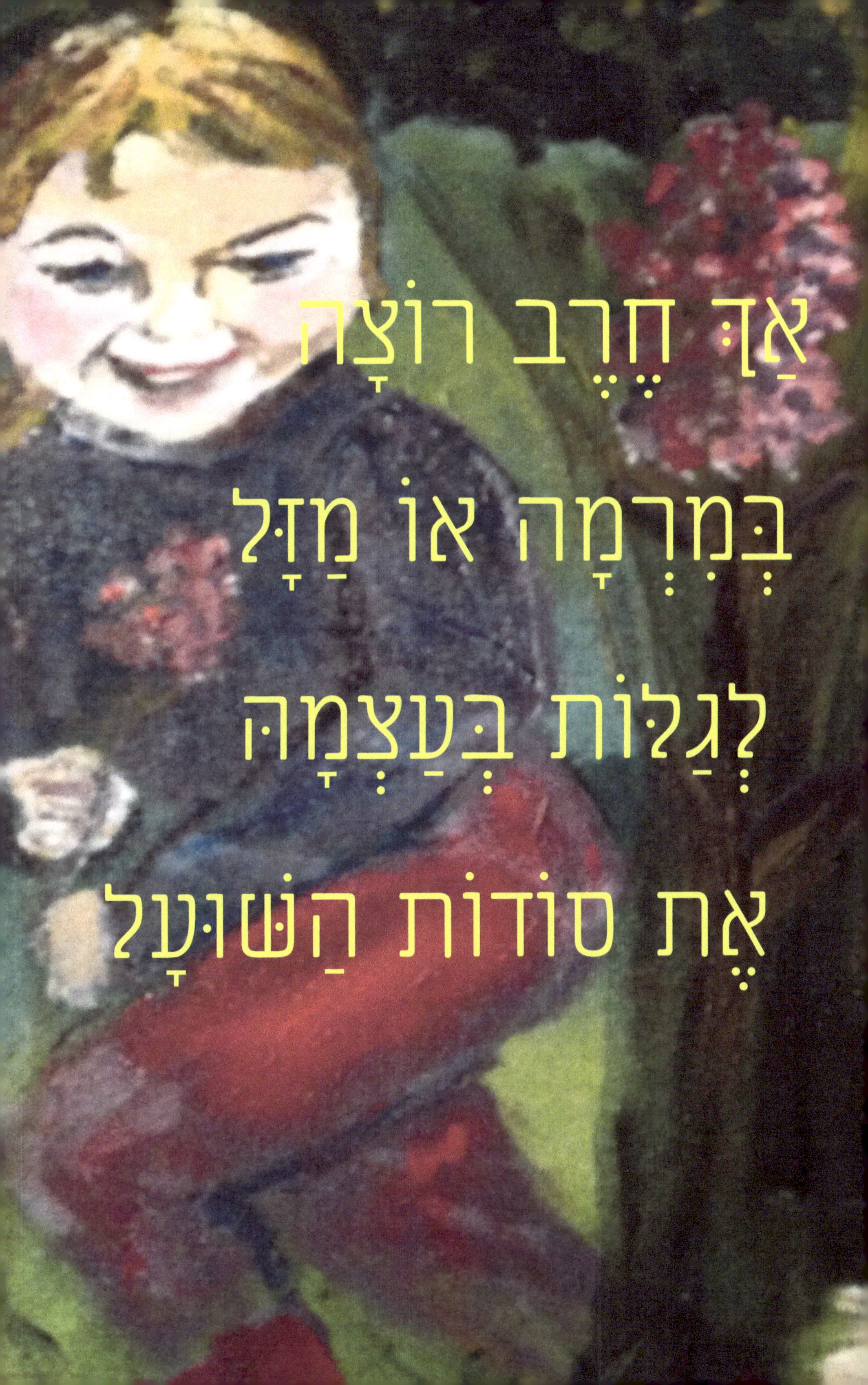

אַךְ חֶרֶב רוֹצָה

בְּמִרְמָה אוֹ מַזָּל

לְגַלּוֹת בְּעַצְמָהּ

אֶת סוֹדוֹת הַשּׁוּעָל

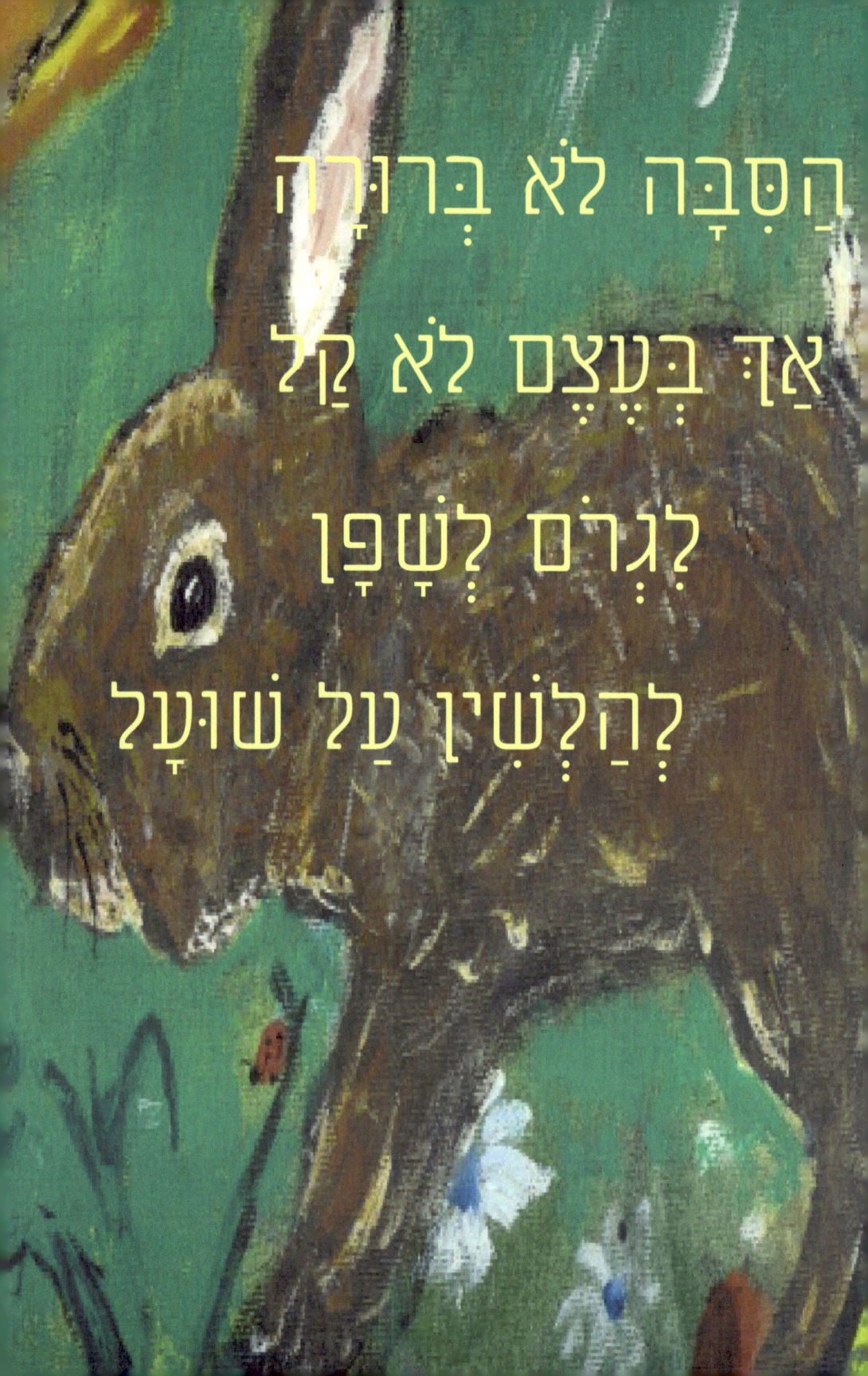

הַסִּבָּה לֹא בְּרוּרָה

אַךְ בְּעֶצֶם לֹא קַל

לִגְרֹם לְשָׁפָן

לְהַלְשִׁין עַל שׁוּעָל

אוֹ הַאִם זֶה מִשּׁוּם

שֶׁחֲבָל לַשָּׁפָן

לְהַסְגִּיר אֶת שְׁכֵנוֹ

כִּי הוּא כֹּה נֶאֱמָן?

כַּמּוּבָן הַשָּׁפָן

יִתָּכֵן שֶׁנִּבְהַל

מִפְּנֵי הַחֲשָׁשׁ

שֶׁיִּנְקֹם בּוֹ שׁוּעָל

הַאִם יִתָּכֵן

שֶׁכָּל זֹאת בִּגְלַל

הַבְּרִית שֶׁכָּרַת

כָּל שָׁפָן עִם שׁוּעָל?

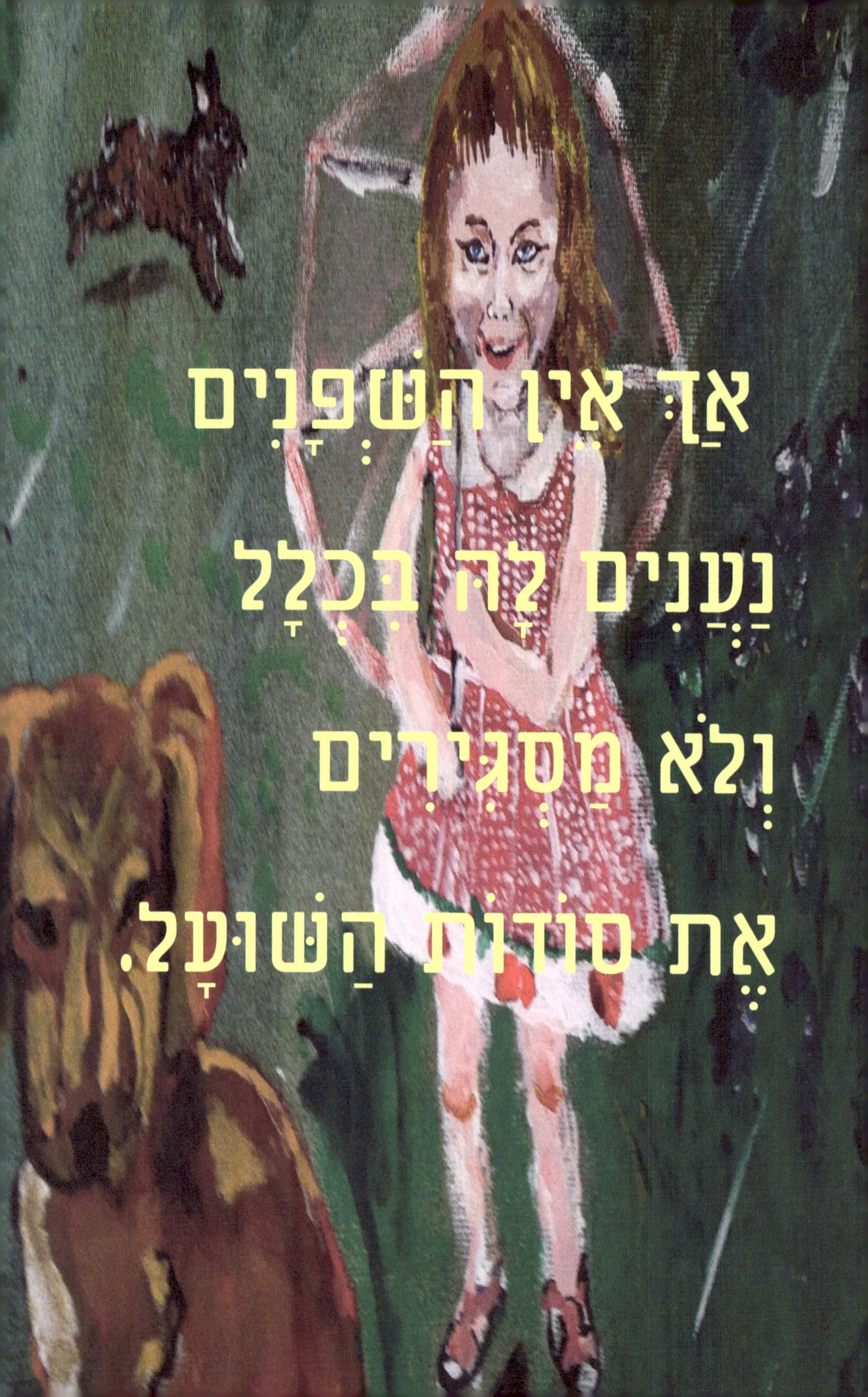

אַךְ אֵין הַשְּׁפָנִים
נַעֲנִים לָהּ בִּכְלָל
וְלֹא מַסְגִּירִים
אֶת סוֹדוֹת הַשּׁוּעָל.

כָּל אַרְנָב אוֹ שָׁפָן שֶׁפּוֹגֶשֶׁת תִּשְׁאַל: הַאִם בְּמִקְרֶה רָאִיתָ שׁוּעָל?

לָכֵן כְּשֶׁיּוֹצֵאת
הִיא כָּל יוֹם מִן
הַבַּיִת
לְיָדָהּ לְצִדָּהּ
מְהַלֵּךְ כֶּלֶב צַיִד

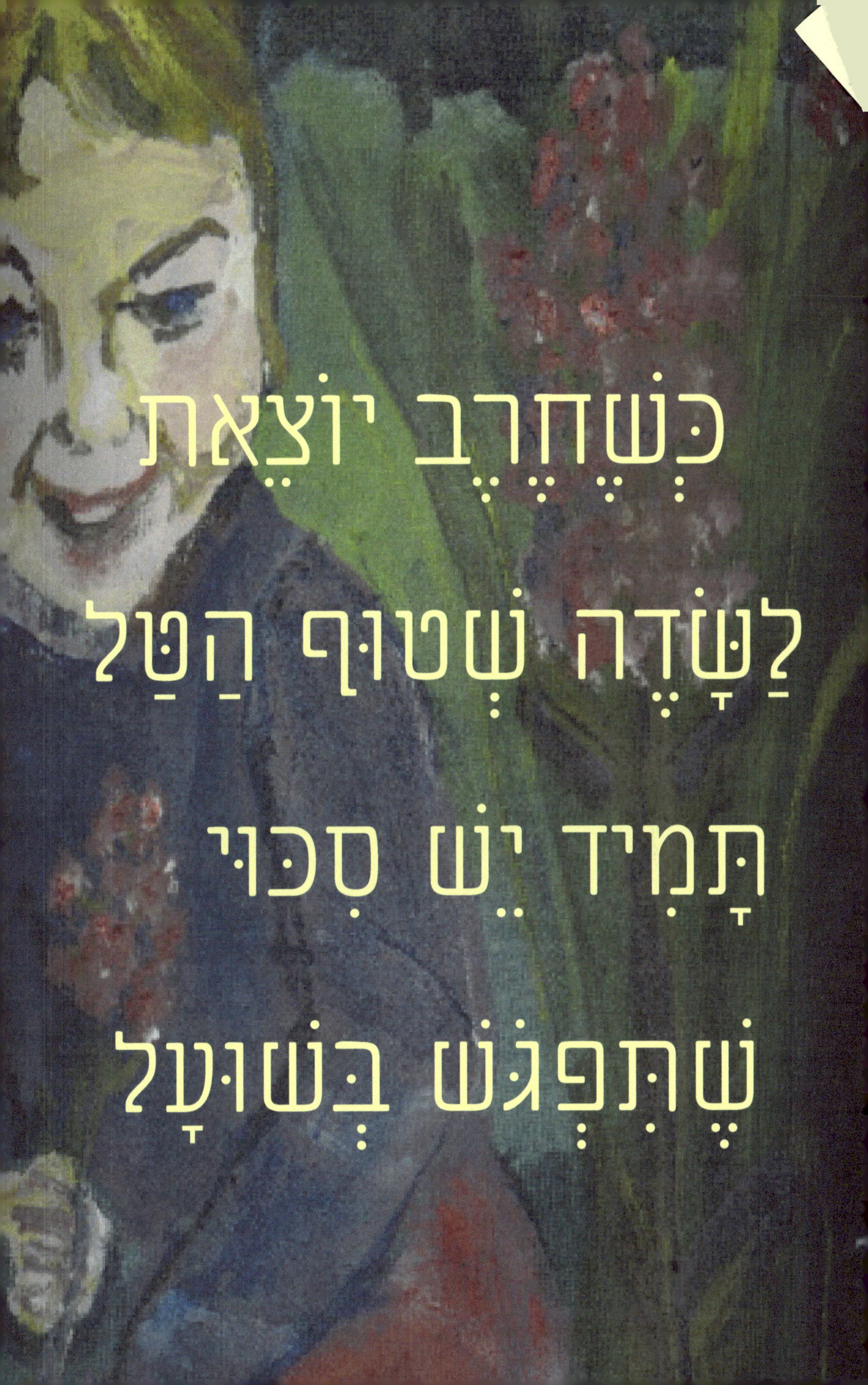

כְּשֶׁחֶרֶב יוֹצֵאת

לַשָּׂדֶה שְׁטוּף הַטַּל

תָּמִיד יֵשׁ סִכּוּי

שֶׁתִּפְגֹּשׁ בְּשׁוּעָל

במקרה של שועל

במקרה של שועל

איה כ"ץ

www.ingramcontent.com/pod-product-compliance
Lightning Source LLC
Chambersburg PA
CBHW041030170626
46815CB00001B/35
9781618790101